글을 쓴다는 것

케빈 리퍼트 엮음 ― 금정연 옮김

글을 쓴다는 것

The Writer Says

JINOPRESS

매번 못 쓸 것 같다는 생각이 드는 것. 그러면서 어떻게든 쓰는 것. 그렇지만 이번에는 정말 못 쓸 것 같다는 생각이 드는 것. 하얀 스크린을 바라보며 나는 스스로에게 묻는다. 내가 지금 뭘 하고 있는 거지? 그럴 때 나는 머리를 쥐어뜯고, 끼니를 거르고, 바닥을 데굴데굴 구른다. 그러다 보면 어느 순간, 답이 나오는 게 아니라 질문이 사라지는 순간이 온다. 그때 나는 글을 쓰고 있다. 내가 무얼 하고 있는지 묻지 않는 한 나는 쓸 수 있다. 다만 묻지 않기 위해 먼저 엄청나게 물어야 할 뿐이다……

작가 생활을 하면서 가장 좋은 점은? 출근을 하지 않아도 된다는 것. 고등학교 시절 내 꿈은 프리랜서였다. 어떤 일을 하는 프리랜서가 아니라 그냥 프리랜서. 돌이켜보면 프리랜서가 뭔지도 잘 몰랐던 것 같다. 다만 매일 같은 시간에 출근할 필요가 없다는 것만 알았을 뿐. 그리고 내가 시간을 잘 지키지 못하는 종류의 인간이라는 사실도……

작가 생활을 하면서 가장 힘든 점은? 출근을 하지 않아도 된다는 것. 발터 벤야민은 잠이 부족해서 늘 피곤하던 어린 시절을 회상하며 이렇게 썼다. "피곤함과 함께 다음과 같은 소원도 일어났다. 실컷 늦잠을 잤으면 좋겠다는 소원 말이다. 나는 그러한 소원을 수천 번도 더 빌었다. 그리고 나중에서야 그 소원은 정말로 실현되었다. 그것은 일정한 지위와 안정된

봉급을 받고 싶다는 희망이 번번이 좌절되었을 때에 일어났다. 바로 그때 나의 옛 소원이 실현된 것이라는 사실을 깨닫기까지는 오랜 시간이 필요했다." 내게도 정확히 같은 일이 일어났다. 소원을 빌 때는 조심해야 한다. 정말로 이루어질지도 모르니까.

흔히 글쓰기에 정답은 없다고 한다. 그 말은 맞다. 하지만 글을 쓰는 우리는 무심결에 정답을 찾게 된다. 답이 없는 일을 하는 건 쉽지 않기 때문이다. 늘 불안하고, 자꾸만 머뭇거리게 된다. 적어도 나는 그렇다. 그것이 내 책장에 글쓰기에 관련된 책들을 위한 칸이 따로 있는 이유다. 물론 그곳에도 정답은 없다. 작가들의 수만큼이나 다양한 저마다의 방법들이 있을 뿐이다. 더는 아무것도 쓰지 못할 것 같은 기분에 시달릴 때면 나는 문제의 글쓰기 책들이 꽂혀 있는 책장 앞에 선다. 이 책 저 책 꺼내 아무 페이지나 펼쳐본다. 정답이 아닌, 어떤 힌트라도 찾을 수 있기를 바라면서. 그것은 늘 도움이 된다. 최소한 한숨 돌리고, 죽음에 대한 생각을 멈추고, 다른 각도에서 글쓰기로 진입하게 만들어주는 정도로는. 『글을 쓴다는 것』은 그 책장을 단 한 권으로 압축한 책이다. 물론 수많은 디테일들이 생략됐지만, 그렇다고 불평할 필요는 없다. 남은 책장을 당신이 원하는 책으로 채우면 된다!

금정연

이 책은 소설가, 에세이스트, 학자, 저널리스트 등등 실로 다양한 분야에서 활동하는 작가들의 말을 담고 있다. 하지만 그들의 말에는 공통된 맥락이 있다. 좋은 작업 공간의 중요성, 성실한 작업 스케줄, 인내(앤 라모트의 지혜로우면서 웃긴 『쓰기의 감각(Bird by Bird)』에서 곧잘 인용되는 "엉덩이로 쓴다(Butt in chair)"는 여러 작가들의 입을 통해 다양한 형태로 반복된다), 훌륭한 편집자의 필요성(나는 업계 최고의 편집자 사라 스테멘을 만나는 엄청난 행운을 누렸다), 그리고 넓게 읽기, 자주 읽기, 주의 깊게 읽기 같은 독서의 일반적인 (또한 절대적인) 중요성은 말할 것도 없다.

물론 이 책은 실용서가 아니지만, 글을 쓰는 삶의 기쁨과 슬픔(다니 샤피로의 진실되고 순수한 『여전히 씀(Still Writing)』)에서 무엇이 픽션을 효과적으로 만드는지에 대한 논쟁(E. M. 포스터의 재치 있는 『소설의 이해(Aspects of the Novel)』)과 언어 다루기의 시학과 역학(벌린 클링켄보그의 『글쓰기에 관한 몇 개의 짧은 문장들(Several Short Sentences About Writing)』과 리처드 굿맨의 『창조적 글쓰기의 정신(The Soul of Creative Writing)』)까지 글쓰기를 다루는 책들을 조망하며 전체적이고 커다란 그림을 그려준다. 글쓰기와 언어의 힘에 관심이 있다면, 이 책에 등장하는 작가의 말들 가운데 무엇이든 붙잡고 파고들어 풍부한 결실을 얻을 수 있을 것이다.

이 책을 엮으며 명언을 발견하고, 검증하며, 체계적으로 분류하는 과정은 때론 고통스럽기도 했다. 소방 호스로 작은 종이컵을 채우는 것과 비슷했는데, 책이나 기사, 인터뷰, 웹사이트, 강의에 이르기까지 작가들이 말하거나 작가들에게 하는 조언으로 이루어진 세계가 그만큼 방대했던 것이다. 작가들은 무엇을 써야 하는지, 혹은 어떻게 써야 하는지에 대해서는 의견이 일치하지 않는다. 그렇지만 책장에 글쓰기 조언을 담은 책이 한 권쯤 추가될 자리는 늘 있다는 사실에는 만장일치일 것이다.

책을 읽거나 글을 쓰는 짬짬이 시간을 내서 이 작은 책을 펼쳐볼 수 있기를. 부디 이 책을 읽으며 당신의 삶을 북돋우고 즐겁게 만들어줄 생각들을 발견하길 바란다. 내가 그랬던 것처럼.

케빈 리퍼트

WRITING IS AN ACT OF COURAGE.

Ta-Nehisi Coates (1975–)

글쓰기는 용기 있는 행동이다.

타네히시 코츠(1975-)

What writing is: telepathy, of course.

Stephen King (1947–)

글쓰기란 :
당연히,
텔레파시다.

스티븐 킹(1947-)

The great power
of literature…
is that if 1,000
people read the
same book,
the book reads
each of them
differently.

David Grossman (1954–)

문학의 위대한 힘은······
천 명이 같은 책을 읽는다면,
천 명 각각에게 책이
다르게 읽힌다는 사실에 있다.

다비드 그로스만(1954-)

Words, English words, are
full of echoes, of memories,
of associations. They have been
out and about, on people's lips,
in their houses, in the streets,
in the fields, for so many
centuries. And that is one of
the chief difficulties in writing
them today—that they are
stored with other meanings,
with other memories, and they
have contracted so many
famous marriages in the past.

Virginia Woolf (1882–1941)

단어들, 영어의 단어들은
메아리, 기억, 연상으로 가득 차 있다.
단어들은 수 세기 동안 사람들의 입술 위를,
집 안을, 거리와 들판을 자유로이 누벼왔다.
바로 그것이 오늘날 단어들을 쓰는 데
가장 큰 어려움 중 하나다.
단어들은 다른 의미와 다른 기억들로 가득 차 있고,
또한 단어들은 과거의 널리 알려진 수많은
결합들로 서로 엮여 있다.

버지니아 울프(1882-1941)

Beware of a writer quoting too much; he may be quoting all he knows.

Alfred Kazin (1915–98)

너무 많이 인용하는 작가를 조심하라.
자기가 아는 모든 것을
인용하고 있을지도 모른다.

알프레드 카진(1915-1998)

YOU CAN ONLY BECOME A BETTER WRITER BY BECOMING A BETTER READER.

Verlyn Klinkenborg (1952–)

더 나은 작가가 되는 유일한 방법은
더 나은 독자가 되는 것이다.

벌린 클링켄보그(1952-)

What I wrote when I was very young had some of the characteristic qualities of every writer I had any feeling for. It takes a while before that admiration sinks back and becomes unconscious. The writers stay with you for the rest of your life. But at least they don't intrude and become visible to the reader.

William Maxwell (1908–2000)

아주 어렸을 적에 내가 쓴 글에는
당시 관심을 가졌던 작가들 고유의
흔적들이 고스란히 드러나 있었다.
흠모하는 마음이 잦아들어
의식하지 않게 되기까지는
적잖은 시간이 필요하다.
어린 시절 좋아하던 작가들은
일생 동안 당신과 함께 머문다.
독자들은 그것을 눈치챌 수 있지만,
적어도 그것 때문에 방해받지는 않는다.

윌리엄 맥스웰(1908-2000)

My childhood was aberrant and peculiar and nomadic and absolutely unpredictable....The mixture of solitude and uncertainty fertilized the situation enormously.... Inevitably I was making up stories to myself, retreating into myself.

John le Carré (1931–)

내 어린시절은 상궤를 벗어났고 기이했으며

유목민적이었고 전혀 예측할 수 없었다……

고독과 불확실성의 혼합은 상황을 한층 부추겼다……

어쩔 수 없이 나는 내 안으로 숨어들었고,

스스로에게 이야기를 지어주었다.

존 르 카레(1931-)

Writing for me is to a large extent self-entertainment, and the only child is driven to do that. For example, I'm an expert whistler…but that takes hours of practice, the sort of thing one hasn't got time for if one's part of a large family, I imagine.

Kingsley Amis (1922–95)

자기 자신을 위해 글을 쓰는 건
주로 외동들이 빠지는 혼자놀기의 방식이다.
예를 들어 나는 휘파람 불기의 달인인데……
그건 아주 많은 연습이 필요한 일이라,
대가족의 일원이라면 그런 일을 할 만한
짬을 내지는 못할 것이다.

킹슬리 에이미스(1922-1995)

When I was between fourteen and eighteen I was a delinquent teenager, always in trouble, breaking the law, doing drugs. Then I became a successful writer, and it has sort of worked out.

Hanif Kureishi (1954–)

열네 살에서 열여덟 살 무렵 나는 비행청소년이었다.
늘 말썽에 휘말리고, 법을 어기고, 마약을 했다.
그 후 나는 성공한 작가가 되었다.
그런 모든 경험들에도 쓸모가 있었던 셈이다.

하니프 쿠레이시(1954-)

IF I HADN'T WRITTEN, I PROBABLY WOULD HAVE DONE SOMETHING STUPID THAT WOULD HAVE LED TO MY DEATH.

Octavia Butler (1947–2006)

글을 쓰지 않았다면 아마 나는
뭔가 멍청한 짓을 저질러서
진작 죽고 말았을 거다.

옥타비아 버틀러(1947-2006)

Some kids liked to play tennis, I liked to write. I wasn't out hanging out or doing a lot of stuff teens were doing, because what I liked to do was be in my room and type.

S. E. Hinton (1948–)

어떤 아이들은
테니스 치기를 좋아했고,
나는 글쓰기를 좋아했다.
나는 몰려다니거나 10대들이 하는
이런저런 일들을 하느라
밖으로 싸돌아다니지 않았는데,
내 방에서 타자기를 붙잡고
있기를 좋아했기 때문이다.

S. E. 힌턴(1948-)

I… looked back to myself as a sixteen-year-old and how much I loved reading and how a book could completely change my life…so I just like the idea of trying to write for all those versions of me out there, wherever they are.

Sherman Alexie (1966–)

나는……
열여섯 살 무렵의 내가
독서를 얼마나 좋아했고,
책이 어떻게 내 삶을 완전히 바꿀 수
있었는지 되돌아보았다……
그래서 나는 세상에 있는 다양한
버전들의 나를 위해 글을 쓰고자
노력한다는 생각을 좋아한다.
그들이 어디 있건 말이다.

셔먼 알렉시(1966-)

I STARTED WRITING MY
OWN THINGS WHEN I WAS
TWELVE, THIRTEEN, AND
I KNOW WHY I DID IT—MAINLY
BECAUSE I HAD FINISHED
ALL THE ADVENTURE NOVELS,
MUSKETEER NOVELS, AND
DUMAS THAT I WAS READING
AT THE TIME. THEN I FOUND OUT
I COULD WRITE THEM MYSELF.

Javier Marías (1951–)

나는 열두세 살 무렵부터
내 글을 쓰기 시작했다.
당시 즐겨 읽던 모든 모험 소설과
삼총사 시리즈, 뒤마의 작품을
다 읽어버렸기 때문이다.
그러고 나서 나도 그런 소설을
쓸 수 있다는 사실을 깨달았다.

하비에르 마리아스(1951-)

Finally, after all these years of reading books, editing books, working in libraries, I thought, "Wait a minute, there's no book in there about me!" So if I wanted to read it, I would probably have to write it.

Toni Morrison (1931–)

마침내, 책을 읽고, 편집하고, 도서관에서 일하던
그 모든 세월이 지나고 난 뒤에야 나는 생각했다.
'잠깐만, 나에 관한 책은 저기 한 권도 없잖아!'
그런 책을 읽고 싶기에, 내가 직접 써야만 했다.

토니 모리슨(1931-)

My family has been the biggest thing in my life. It is much more than just a resource for my writing. I have always felt like the son in some ways. I think that's true of all extended families, as true of Italian or Jewish families as Indian ones. You never gain independence. In your imagination, you are always someone's child, long dead though they may be.

Vikram Seth (1952–)

가족은 내 인생에서 가장 커다란 존재다.
단순히 글을 쓰기 위한 재료 그 이상이다.
어떤 면에서 나는 늘 아들 같은 기분을 느껴왔다.
내 생각에 이탈리아 가족이건 유대인 가족이건
인디언 가족이건 모든 대가족은 다 마찬가지다.
당신은 절대로 독립에 이르지 못한다.
상상 속에서조차,
당신은 언제나 누군가의 자식이다,
비록 그들이 오래전에 죽었을지라도.

비크람 세스(1952-)

Your mother will not make you a writer. My advice to any young person who wants to write is: leave home.

Paul Theroux (1941–)

당신의 어머니는
당신을 작가로 만들어주지 않는다.
작가가 되고 싶은 젊은이들에게
내가 할 수 있는 조언은 하나다.
집을 떠나라.

폴 서루(1941-)

I decided to become a writer. It was a good idea. Having had no experience whatever in writing, except writing letters and reports, I wasn't handicapped by exaggerated notions of the difficulties ahead.

Dashiell Hammett (1894–1961)

나는 작가가 되기로 결심했다.
좋은 생각이었다.
편지와 보고서 말고는
아무것도 써본 적이 없던 탓에
앞으로 다가올 어려움들에 대한
과장된 생각으로 지레 겁먹을
필요도 없었다.

대실 해밋(1894-1961)

I JUST KNEW I WOULD BE A WRITER. IT JUST SEEMED THE ONLY SENSIBLE THING TO DO.

Jane Gardam (1928–)

나는 내가 작가가 될 거라는 사실을 알았다.
그것만이 유일하게 합리적인 일인 것 같았다.

제인 가담(1928-)

If you get right out of college and expect (or want) to get a job as a writer, you might be making a mistake. You might be better off working on a merchant ship or a cannery or a hospital—something new, something where you might learn a thing or two.

Dave Eggers (1970–)

당신이 대학을 졸업하자마자
작가가 되기를 기대한다면(혹은 원한다면),
아마도 실수를 하고 있는 것이다.
상선이나 통조림 공장, 병원 같은 곳에서
일을 하는 게 더 나을지도 모른다.
뭔가 새로운 것을 한두 개쯤
배울 수 있는 곳에서.

데이브 에거스(1970-)

Do something else. Because what's going to happen in the next five years if you stay within your niche is already so circumscribed and predictable. And what can happen if you leave it and do something else is unknown, and therefore bigger. Experiences like these, and the people you'll meet, can inform your work in the future in so many ways.

Chris Kraus (1955–)

무언가 다른 일을 해라.

만약 당신이 현재의 안락함 속에 머무른다면

향후 5년 안에 일어날 일들은 이미 너무 제한적이고

예측 가능하기 때문이다. 하지만 당신이 박차고 나가

뭔가 다른 일을 한다면 무슨 일이 일어날지 알 수 없고,

따라서 더 큰일을 할 수 있다. 이런 경험들, 그리고

당신이 만나게 될 사람들은 훗날 당신이 하게 될

작업에 여러모로 영향을 미칠 것이다.

크리스 크라우스(1955-)

You can teach
people a lot about
craft and various
techniques, and you
can certainly teach
them to appreciate,
but you *cannot* give
them spirit or soul
if it's not there.

Mary Gaitskill (1954–)

사람들에게
기교나 다양한 기술에 대해
많은 것을 가르칠 수 있고,
진가를 알아보는 안목도
분명 가르칠 수 있지만,
그들에게 존재하지 않는
정신이나 영혼을
줄 수는 없다.

메리 겟스킬(1954-)

*Understand that everyone
has 1,000 pages of bad
fiction in him or her, and
before you can do anything,
you probably have to just
write your thousand pages
of crap.*

Jennifer Finney Boylan (1958–)

모든 사람이 자기 안에
천 페이지의 소설을 품고 있지만,
수천 페이지의 쓰레기를 써내야지
제대로 쓸 수 있음을 이해하라.

제니퍼 피니 보일런(1958-)

THE FIRST THING A WRITER HAS TO DO IS FIND ANOTHER SOURCE OF INCOME.

Ellen Gilchrist (1935–)

작가가 첫 번째로 해야 할 일은
다른 수입원을 찾는 것이다.

엘렌 길크리스트(1935-)

I FEEL THAT I HAVE NOT TALENTS
WHATSOEVER IN MONEY AND
BUSINESS MATTERS. SO MAYBE
I OUGHT NOT TO DO WITH IT AT ALL.
I GET TOO THOROUGHLY IMMERSED
IN MY DREAMS. BUT SOMEHOW
LIFE IS SO ORGANIZED THAT I FIND
MYSELF TIED TO MONEY MATTERS
LIKE A GRAZING HORSE TO A STAKE.

Zora Neale Hurston (1891–1960)

나는 돈이나 사업 같은 방면에는 젬병이다.
아마 그런 일들은 전혀 하지 말아야 할 것이다.
나는 내 꿈에 너무 지나치게 빠져 있다.
하지만 어찌된 일인지 인생은 너무 체계적이어서
말뚝에 매인 말처럼 돈 문제에 얽매여 있는
나 자신을 발견한다.

조라 닐 허스턴(1891-1960)

I don't think I've ever felt, before or since, anything like the elation of realizing I was going to be published.

J. K. Rowling (1965–)

내 책이 출판될 거라는
사실을 깨닫는 의기양양함
같은 것을 그전이나 그 후로는
느껴본 적이 없는 것 같다.

J. K. 롤링(1965-)

I really felt I peaked when I saw my first novel in print.

Herman Koch (1953–)

내 첫 소설이
인쇄된 것을 보았을 때
나는 정말 정점을 찍었다고 느꼈다.

혜르만 코흐(1953-)

I like Hollywood....
Honestly, if I were a
generation younger,
I probably would
have started with
TV instead of books.

Gary Shteyngart (1972–)

나는 헐리우드가 좋다……
솔직히, 내가 조금만 더 젊었더라면,
책이 아니라 TV로 시작했을 거다.

개리 스타인가르트(1972-)

Let me not imply that there are no writers of authentic ability in Hollywood. There are not many, but there are not many anywhere.

Raymond Chandler (1888–1959)

헐리우드에 진짜 재능을 가진 작가가
없다고 생각하지만은 않는다.
헐리우드에 그런 작가가 많지는 않지만
다른 곳에도 많지는 않다.

레이먼드 챈들러(1888-1959)

I THINK OF MYSELF AS A NEW YORK WRITER EVEN WHEN I AM NOT IN NEW YORK, AND BY THAT I MEAN, I THINK THE VALUES AND THEMES OF NEW YORK— UNIQUENESS, AMBITION, OUTSIDERS/INSIDERS, FAILURE, GRANDIOSITY, AND HUMILIATION— ARE DEEPLY INGRAINED IN MY POINT OF VIEW.

Min Jin Lee (1968–)

뉴욕에 있지 않을 때에도
나는 내가 뉴욕 작가라고 생각한다.
독특함, 야망, 아웃사이더/인사이더, 실패, 허세,
그리고 굴욕 같은 뉴욕의 가치와 테마가
세상을 바라보는 내 시각에
뿌리 깊게 배어 있다는 말이다.

이민진(1968-)

AS A NATIVE NEW YORKER, REAL ESTATE IS ALWAYS, ALWAYS INTERESTING TO ME.

Emma Straub (1980–)

뉴욕 토박이로서,
부동산은 언제나,
언제나 나를 흥미롭게 한다.

엠마 스트라웁(1980-)

The longer I work at the craft of writing, the more I realize that there's nothing more interesting than the truth.... Who could invent all the astonishing things that really happen? I increasingly find myself saying to writers and students, "Trust your material."

William Zinsser (1922–2015)

글을 쓰는 일에 오래 종사할수록
진실보다 더 흥미로운 건 없다는
사실을 깨닫게 된다……
누가 실제로 일어나는 놀라운
일들을 발명할 수 있단 말인가?
나는 점점 더 자주 작가나 학생들에게
이렇게 말하는 자신을 발견한다.
"당신의 인생 경험을 믿으세요."

윌리엄 진서(1922-2015)

I love the details of
a novel. For research,
I like to go to the
location of the places
in the novels. The first
thing that I do is involve
my senses: I notice
the smells; I open the
trash cans and look
at what people have
thrown away.

Natsuo Kirino (1951–)

나는 소설의 디테일들을 사랑한다.
조사를 위해 소설에 등장하는
장소를 찾아가기를 즐긴다.
가장 먼저 하는 일은
내 감각들에 녹아드는 것이다.
냄새를 감지하고, 쓰레기통을 열고,
사람들이 내버린 것들을 본다.

기리노 나쓰오(1951-)

I don't think I've ever written about a part of the world which I myself haven't visited. But you see, I was a reporter for a long time. I have a reporter's eye and sense of locality, and I add to this by taking notes and buying road maps wherever I happen to be.

Ian Fleming (1908–64)

내가 가본 적 없는 세계에 대해서는
한 번도 쓴 적 없다. 하지만 알다시피,
나는 오랫동안 기자로 일했다.
나는 기자의 눈과 지리 감각을 가지고 있고,
어디를 가게 되건 메모를 하고
지도를 사서 거기에 덧붙인다.

이안 플레밍(1908-1964)

WE'VE ALL READ NOVELS WHERE YOU PLOW THROUGH THREE PAGES ON THE MANUFACTURE OF RUBBER AND YOU REALIZE THAT THE WRITER HAS BEEN TO SINGAPORE TO SEE A RUBBER PLANTATION AND BY GOD ARE WE GOING TO HEAR ABOUT IT.

William Boyd (1952–)

우리 모두 그런 소설을 읽은 적이 있다.
세 쪽에 걸쳐 고무 제조 방법에 대한 설명을
꾸역꾸역 읽어나가다 문득 깨닫게 되는 거다.
작가가 고무 농장을 보기 위해
싱가포르에 다녀왔고, 하나님 맙소사,
한동안 그 이야기를 들어야 한다는 사실을.

월리엄 보이드(1952-)

If you want to find a
magical situation, magical
things, you have to go
deep inside yourself. So
that is what I do. People
say it's magic realism—
but in the depths of my
soul, it's just realism.
Not magical. While I'm
writing, it's very natural,
very logical, very realistic
and reasonable.

Haruki Murakami (1949–)

마술 같은 상황이나 마술 같은 것들을
찾고 싶다면 내면 깊숙이 들어가야 한다.
그게 내가 하는 일이다.
사람들은 마술적 리얼리즘이라고 하지만
영혼의 심연에서 그건 그냥 리얼리즘일 뿐이다.
마술적인 게 아니다. 작품을 쓰는 동안,
그건 내게 무척 자연스럽고 논리적이며
현실적인 동시에 이성적인 일이다.

무라카미 하루키(1949-)

There's not a line
in any of my books
which I can't connect
to a real experience.
There is always
a reference to a
concrete reality.

Gabriel García Márquez (1927–2014)

내 책에는 실제 경험에
기반하지 않은 문장은 한 줄도 없다.
항상 구체적인 현실에 관한 언급이 있다.

가브리엘 가르시아 마르케스(1927-2014)

ONE WRITES OUT OF ONE THING ONLY—ONE'S OWN EXPERIENCE. EVERYTHING DEPENDS ON HOW RELENTLESSLY ONE FORCES FROM THIS EXPERIENCE THE LAST DROP, SWEET OR BITTER, IT CAN POSSIBLY GIVE.

James Baldwin (1924–87)

사람은 오직 한 가지,
바로 자신의 경험으로 글을 쓴다.
모든 것은 경험의 마지막 한 방울을,
달건 쓰건, 얼마나 가차없이
짜낼 수 있느냐에 달려 있다.

제임스 볼드윈(1924-1987)

CROSSING BORDERS MEANS
THAT AT TIMES I SHARE THINGS
THAT I DON'T WANT TO SHARE.
BUT IF YOU REALLY SEE YOURSELF
AS A WORKER FOR FREEDOM,
THEN THE CHALLENGE IS ALSO
ON YOU TO SACRIFICE WHATEVER
NOTIONS OF PRIVACY THAT
MANY OF US WOULD WANT
TO HOLD ON TO.

bell hooks (1952–)

경계를 넘는다는 것은
때때로 내가 공유하고 싶지 않은 것들을
공유해야 한다는 뜻이다.
하지만 당신이 스스로를 진정으로
자유를 추구하는 사람으로 생각한다면,
대부분의 사람들이 지키고 싶어하는
사적인 것에 대한 그 어떤 개념도
희생하는 일에까지 도전해야 할 것이다.

벨 훅스(1952-)

I really want to escape myself as much as I can— myself as the artist, or as the writer, or as the thinker.

Chang-Rae Lee (1965–)

나는 가능한 한
나 자신에게서
도망치고 싶다.
예술가로서의,
작가로서의,
사상가로서의,
모든 나로부터.

이창래(1965-)

The best way for me to solve problems in my own life is to write about them.

Peter Straub (1943–)

내게 있어 삶에서 마주하는
문제들을 해결하는 가장 좋은 방법은
그것에 대해 쓰는 것이다.

피터 스트라웁(1943-)

I don't write for my friends or myself, either; I write for *it*, for the pleasure of *it*. I believe if I stopped to wonder what so-and-so would think, or what I'd feel like if this were read by a stranger, I would be paralyzed.

Eudora Welty (*1909–2001*)

나는 친구들을 위해 글을 쓰지 않는다.
나 자신을 위해서도 마찬가지다.
나는 글쓰기 자체를 위해서 쓴다.
글쓰기의 기쁨을 위해서.
만약 내가 다른 사람들의 생각이나,
내 글에 대한 낯선 사람들의 기분을
궁금해하기 시작한다면, 더 이상
글을 쓰지 못하게 될 것이 분명하다.

유도라 웰티(1909-2001)

DON'T WRITE TO TRENDS, AND LET THE MARKETPLACE COME TO YOU.

Jeff VanderMeer (1968–)

트렌드에 맞춰서 글을 쓰지 말고,
시장이 당신에게 맞추도록 하라.

제프 밴더미어(1968-)

Historically, the books that have persevered in our culture and in our memories and our hearts were not the literary fiction of the day but the popular fiction of the day.

Jodi Picoult (1966–)

역사적으로, 우리의 문화와 기억,
그리고 우리의 심장에 새겨진 책들은
시대를 대표하는 문단소설이 아니었다.
시대를 대표하는 대중소설이었다.

조디 피코(1966-)

You don't have to burn books to destroy a culture. Just get people to stop reading them.

Ray Bradbury (1920–2012)

문화를 파괴하기 위해 책을 태울 필요는 없다.
그냥 사람들이 그만 읽게 만들어라.

레이 브래드버리(1920-2012)

There are few things that depress me more than hearing the word "great" followed by a nationality and then the word "novel." There is no such thing as the great anything novel.

Marlon James (1970–)

'국가', 그리고 '소설' 앞에 붙은
'위대한'이라는 말처럼
나를 우울하게 만드는 것은 없다.
세상에 위대한 소설 따위는 없다.

말론 제임스(1970-)

THERE'S NO GREAT LITERARY TRADITION. THERE'S ONLY THE TRADITION OF THE EVENTUAL DEATH OF EVERY LITERARY TRADITION.

F. Scott Fitzgerald (1896–1940)

위대한 문학 전통은 없다.
모든 문학 전통에는
궁극적 소멸이라는
전통이 있을 뿐이다.

F. 스콧 피츠제럴드(1896-1940)

The good writer seems to be writing about himself (but never is) but has his eye always on that thread of the Universe which runs through himself, and all things.

Ralph Waldo Emerson (1803–82)

훌륭한 작가는 자기 자신에 대해
쓰는 것처럼 보이지만(절대 그렇지 않다)
그의 눈은 언제나 그를 포함한
만물을 휘감고 있는 우주의
실타래를 바라보고 있다.

랄프 왈도 에머슨(1803-1882)

I've never felt narcissism to be a sin....I think it's necessary to be absolutely in love with ourselves. It's only by reflecting on myself with attention and care that I can reflect on the world. It's only by turning my gaze on myself that I can understand others, feel them as my kin.

Elena Ferrante (1943–)

나르시시즘이 죄라고 느낀 적은
단 한 번도 없다. 내 생각에 우리 자신을
절대적으로 사랑할 필요가 있다.
관심과 배려로 나 자신을 비추는 것이
세상을 비출 수 있는 유일한 방법이다.
나 자신에게 시선을 돌림으로써만
타인을 이해할 수 있고,
그들을 내 피붙이처럼 느낄 수 있다.

엘레나 페란테(1943-)

I approach [writing] as if I'm a priestess. I understand that all the forces are being called upon to help me deliver what is most useful and most nourishing for whoever is reading.

Alice Walker (1944–)

나는 마치 사제처럼 (글쓰기에) 접근한다.
누가 읽든 가장 유용하고 자양분이 되는
것을 전달할 수 있도록 모든 힘이
요구되고 있다고 생각한다.

앨리스 워커(1944-)

I am fortunate and blessed to be the flute, but I recognize and acknowledge I am not the music.

Sandra Cisneros (1954–)

나는 플루트가 될 만큼
운이 좋고 축복받았지만,
그렇다고 내가 음악은
아니라는 사실을 잘 안다.

산드라 시스네로스(1954-)

Why is one compelled to write? To set oneself apart, cocooned, rapt in solitude, despite the wants of others.

Patti Smith (1946–)

왜 글을 쓰지 않을 수 없을까?
스스로를 고립시키고,
고치 속에 틀어박혀,
타인들의 요구에도 불구하고
고독에 완전히 몰입한 채.

패티 스미스(1946-)

I DIDN'T APPLY FOR GRANTS OR WRITERS' CENTERS. I DIDN'T JOIN WRITERS' GROUPS. I JUST COULDN'T DO IT. IT DIDN'T SEEM AN HONEST WAY TO WRITE TO ME. WHEN YOU WRITE ON YOUR OWN, YOU CAN WRITE THE EXTREMES. NO ONE ELSE IS WATCHING AND YOU CAN REALLY GO AS FAR AS YOU NEED TO.

Kiran Desai (1971–)

나는 작가 단체의 지원이나
보조금을 신청하지 않았다.
작가들의 그룹에도 가입하지 않았다.
그럴 수가 없었다.
그것은 내게 글을 쓰는
정직한 방법이 아닌 것 같았다.
혼자서 글을 쓸 때 극한까지 쓸 수 있다.
아무도 간섭하지 않고 당신은
정말 필요한 만큼 나아갈 수 있다.

키란 데사이(1971-)

I've referred to a novel as a job. But it can also be much more fantastic than that: an alternative universe you enter through concentration and writing. But of course it's difficult to set your life up to accommodate an alternative universe, which is why writing one can take a long time.

Lorrie Moore (1957–)

나는 소설이 직업이라고 말해왔다.
하지만 소설은 그보다 훨씬 더 환상적일 수 있다.
몰입과 글쓰기를 통해 들어가는 또 다른 우주.
물론 또 다른 우주를 수용할 수 있도록
우리의 삶을 꾸리기는 쉽지 않다.
그래서 어떤 글을 쓰기 위해서는
아주 긴 시간이 걸리기도 한다.

로리 무어(1957-)

Surely it is a magical thing
for a handful of words,
artfully arranged, to stop
time. To conjure a place,
a person, a situation, in all its
specificity and dimensions.
To affect us and alter us,
as profoundly as real people
and things do.

Jhumpa Lahiri (1967–)

예술적으로 배열된 한 줌의 단어들로
시간을 멈추는 일은 분명 마법과도 같다.
그것은 장소, 사람, 상황, 그 모든 특수성과
차원을 떠올리게 하고, 우리에게 영향을 미치고
우리를 변화시킨다. 현실의 사람들과
사물들이 그렇게 하는 것처럼.

줌파 라히리(1967-)

I HAVE A LOT OF FAITH
IN WHAT CAN BE ACHIEVED
WITH A WELL-POLISHED
ENGLISH SENTENCE.
NOT THAT I TRY TO
MAKE THE LANGUAGE
OLD-FASHIONED, BUT
I LIKE A CLEAN SENTENCE.

Teju Cole (1975–)

나는 잘 다듬어진 영어 문장이
많은 것을 성취할 수 있다고 믿는다.
언어를 구식으로 만들자는 말이 아니다.
깔끔한 문장이 좋다는 거다.

테주 콜(1975-)

I am not particularly
interested in language.
Or rather, I am interested
in what language can
do for me, and I spend
many hours each day
trying to ensure my
prose is as simple as
it can possibly be.

Nick Hornby (1957–)

나는 언어 자체에는 별 관심이 없다.
그보다는 언어가 내게 무엇을 해줄 수 있는지에
관심을 갖는 편이다. 나는 매일 내가 쓴 산문을
가능한 한 단순하게 만들기 위해
많은 시간을 보낸다.

닉 혼비(1957-)

I'M GLAD YOU LIKE ADVERBS— I ADORE THEM.

Henry James (1843–1916)

당신이 부사를 좋아한다니 기쁩니다.
저는 부사를 흠모합니다.

헨리 제임스(1843-1916)

WHEN YOU CATCH AN ADJECTIVE, KILL IT.

Mark Twain (1835–1910)

형용사를 만나면,
형용사를 죽여라.

마크 트웨인(1835-1910)

If any ideas are to be found in what I write, those ideas came after the writing. I mean, I began by the writing, I began by the story, I began with the dream, if you want to call it that. And then afterwards, perhaps, some idea came of it. But I didn't begin, as I say, by the moral and then writing a fable to prove it.

Jorge Luis Borges (1899–1986)

내가 쓴 글에서 어떤 관념 같은 게 보인다면,
그건 글을 쓴 다음에 덧붙여진 것이다.
나는 쓰는 것에서 시작하고, 이야기에서 시작하고,
당신이 그렇게 부르고 싶다면, 꿈에서 시작한다.
관념은 그다음에 온다. 교훈을 먼저 떠올리고
그것을 보여주기 위해 우화를 쓰는
방식은 아니라는 말이다.

호르헤 루이스 보르헤스(1899-1986)

I write entirely to find out what I'm thinking, what I'm looking at, what I see and what it means. What I want and what I fear….What is going on in these pictures in my mind?

Joan Didion (1934–)

나는 전적으로 알아가기 위해 글을 쓴다.
내가 무슨 생각을 하고 있는지,
무엇을 보고 있는지,
눈앞에 보이는 것들의 의미는 무엇인지,
내가 원하는 것과 두려워하는 것은 무엇인지……
내 마음속에 있는 이 사진들에서
대체 무슨 일이 일어나고 있는 걸까?

조앤 디디온(1934-)

IT'S AMAZING WHAT
HAVING AN IDEA
FOR A NOVEL WILL
FORCE YOU TO DO,
AND THE WORLDS
THAT YOU WILL
ENTER. YOU'LL
HAVE TO LEARN TO
BE CONVINCING
TO PEOPLE WHO
KNOW THOSE
WORLDS REALLY,
REALLY WELL.

Peter Carey (1943–)

소설에 대한 아이디어가
당신에게, 그리고 당신이 들어서게
될 세계에 끼칠 영향은 놀랍다.
당신은 그 세계들을 정말정말
잘 아는 사람들에게 그것을
확신시키는 법을 알아야 할 것이다.

피터 캐리(1943-)

I always have these
ideas, and I think,
"That would be really
good; if I was a better
writer, I could pull
it off." And then I try
to become a better
writer to do it justice.

Colson Whitehead (1969–)

나는 늘 이런 생각을 한다.
'정말 끝내주는 아이디어군.
내가 좀 더 나은 작가였다면
잘 풀어낼 수 있을 텐데.'
그리고 나는 더 나은 작가가
되기 위해 노력한다.
제대로 풀어낼 수 있도록.

콜슨 화이트헤드(1969-)

IF YOU HAVE A THOUGHT, AN IDEA, A CHANGE, DON'T EVER DELAY PUTTING IT DOWN—NOT EVEN FOR THREE SECONDS. IT WILL ESCAPE FOREVER. NO AMOUNT OF PLEADING, PRAYER, OR CURSING WILL BRING IT BACK.

Richard Goodman (1945–)

어떤 생각이나 아이디어, 수정사항이
떠오르면 망설이지 말고 일단 적어라.
3초 동안 머뭇거리는 것도 안 된다.
그러지 않으면 영영 사라질 것이다.
아무리 애원하고 기도하고 저주해도
다시 돌아오지 않는다.

리처드 굿맨(1945-)

I tried to keep [a notebook], but I never could remember where I put the damn thing. I always say I'm going to keep one tomorrow.

Dorothy Parker (1893–1967)

나는 언제나 (노트를) 가지고 다니려고 한다.
문제는 내가 그 빌어먹을 노트를 어디다
두었는지 도무지 기억이 나질 않는다는 거다.
나는 언제나 내일은 노트를 가지고
다닐 거라고 말한다.

도로시 파커(1893-1967)

To me, writing is entirely mysterious. If I didn't believe it was a mystery, the whole thing wouldn't be worthwhile. I don't know not just how something is going to end but what the next couple of lines are going to be.

William Trevor (1928–2016)

나에게 글쓰기는 완전히 신비로운 일이다.
만약 내가 그것이 신비하다고 믿지 않았다면,
모든 것은 아무 가치도 없었을 것이다.
나는 이야기가 어떻게 끝날지뿐만 아니라
바로 다음 문장들이 어떻게 이어질지도 알지 못한다.

윌리엄 트레버(1928-2016)

Confusion is the best place to start a story.

Amy Tan (1952–)

혼란은 이야기를 시작하기에
최적의 지점이다.

에이미 탄(1952-)

The first draft is torture! It's so hard for me. Once I've written the first draft, I have the pieces to the puzzle, and I love to put it together and make it into a whole.

Judy Blume (1938–)

초고는 고문이다!
정말 너무 힘들다.
일단 초고를 쓰면
내 손에는
퍼즐 조각이 생긴다.
나는 그 조각들을 맞춰
커다란 전체를 완성하는
것을 사랑한다.

주디 블룸(1938-)

The restless condition in which I wander up and down my room with the first page of my new book before me defies all description. I feel as if nothing would do me the least good but setting up a Balloon. It might be inflated in the garden in front—but I am afraid of its scarcely clearing those little houses.

Charles Dickens (1812–70)

새로 시작한 책의 첫 페이지를
앞에 두고 방 안을 서성이며
안절부절 못하는 상황을
묘사하기란 불가능하다네.
나는 기구(氣球)를 설치하는 것
말고는 아무것도 도움이 되지
않을 것 같은 기분을 느끼지.
그건 아마 앞마당에서
부풀어오르고 있겠지만,
(기구를 탄다고 해도)
내가 만들어낸 작은 감옥들에서
도망치지 못할까 두렵군.

찰스 디킨스(1812-1870)

BEFORE I START A BOOK I'VE USUALLY GOT FOUR HUNDRED PAGES OF NOTES. MOST OF THEM ARE ALMOST INCOHERENT. BUT THERE'S ALWAYS A MOMENT WHEN YOU FEEL YOU'VE GOT A NOVEL STARTED. YOU CAN MORE OR LESS SEE HOW IT'S GOING TO WORK OUT. AFTER THAT IT'S JUST A QUESTION OF DETAIL.

P. G. Wodehouse (1881–1975)

책을 시작하기 전에 내게는 보통
400쪽에 달하는 노트가 있다.
대부분은 아무 말이다.
하지만 그 안에는 언제나 소설이
시작되었다고 느껴지는 순간이 있다.
소설이 어떻게 진행될지
어느 정도 그려볼 수도 있다.
나머지는 단지 디테일의 문제다.

P. G. 우드하우스(1881-1975)

WRITING A NOVEL IS AS IF
YOU ARE GOING OFF ON A JOURNEY
ACROSS A VALLEY. THE VALLEY
IS FULL OF MIST, BUT YOU CAN SEE
THE TOP OF A TREE HERE AND
THE TOP OF ANOTHER TREE OVER
THERE. AND WITH ANY LUCK
YOU CAN SEE THE OTHER SIDE
OF THE VALLEY. BUT YOU CANNOT
SEE DOWN INTO THE MIST.
NEVERTHELESS, YOU HEAD FOR
THE FIRST TREE.

Terry Pratchett (1948–2015)

소설을 쓰는 일은
계곡을 가로질러 여행을
떠나는 일과 같다.
계곡에는 안개가 자욱하고,
보이는 건 여기저기 불쑥 솟은
나무들의 우듬지뿐이다.
운이 좋으면 계곡 반대편이
보일지도 모른다.
하지만 안개 속을
들여다볼 수는 없다.
그럼에도 불구하고,
당신은 첫 번째 나무를 향한다.

테리 프라쳇(1948-2015)

A piece of writing has to start somewhere, go somewhere, and sit down when it gets there. You do that by building what you hope is an unarguable structure. Beginning, middle, end.

John McPhee (1931–)

한 편의 글은
어딘가에서 시작해서,
어딘가를 지나가고,
어딘가에 앉는다.
당신은 논란의 여지가
없기를 바라는 구조를
세움으로써 그렇게 한다.
처음, 중간, 끝.

존 맥피(1931-)

When structure is done well, it should be like architecture: you sense the overall feel of the building—tall, or airy, or strong—but you're not looking at the buttresses that hold it up or the seams where parts are fastened together.

Celeste Ng (1980–)

잘 짜인 구조는 건축과 같아야 한다.
당신은 건물의 크기나 통풍,
단단함 같은 전반적인 느낌을 감각한다.
하지만 건물을 지탱하는 버팀목이나 부분들을
고정시키는 이음매를 보지는 않는다.

셀레스트 옹(1980-)

I conceive my subjects like a man—that is, rather more architectonically and dramatically than most women—and then execute them like a woman; or rather, I sacrifice, to my desire for construction and breadth, the small incidental effects that women have always excelled in, the episodical characterization, I mean.

Edith Wharton (1862–1937)

나는 내가 다루는 대상들을 남자라고 상상한다.
대부분의 여자들보다 좀 더 건축학적이고 드라마틱하게.
그런 다음 그들을 여자처럼 처형한다.
정확히 말하면, 구성과 폭넓음에 대한 열망에 따라
여자들이 언제나 두각을 드러낸 작은 부수적 효과인
삽화적 성격화를 희생하는 것이다.

이디스 워튼(1862-1937)

It's the small, unlovely places of life that have always called most eloquently to me: they're the ones that traditional histories tend to overlook, but they often provide the settings for some of our most intense personal dramas—especially, perhaps, if we are women.

Sarah Waters (1966–)

나는 언제나 사소하고 매력 없는
삶의 장소들에 마음을 빼앗겼다.
전통적인 역사는 그것들을
간과하는 경향이 있다.
그러나 때때로 그것들은
우리의 가장 강렬한 개인적인
드라마에 배경을 제공한다.
특히, 우리가 여성이라면 말이다.

새라 워터스(1966-)

Men write dark stories all the time, and rarely is that darkness obsessed over. But when women write dark, all of a sudden it's a thing. It's like: Why so dark?

Roxane Gay (1974–)

남자들은 항상 어두운 이야기를 쓰지만
어둡다고 꼬투리 잡히는 경우는 거의 없다.
하지만 여자들이 어둡게 쓰면 갑자기 문제가 된다.
이런 식이다: 왜 이렇게 어두운가?

록산 게이(1974-)

IF YOU CAN MAKE
A PIECE OF WRITING
FUNNY, YOU CAN GET
AWAY WITH ALMOST
ANYTHING—YOU
CAN GET VERY DARK,
YOU CAN MOCK THE
VERY POWERFUL,
AND YOU CAN TRICK
PEOPLE INTO EAGERLY
CONSUMING IDEAS
THAT ARE NORMALLY
VERY THREATENING.

Lindy West (1982–)

만약 당신이 글을 재밌게 쓸 수 있다면
거의 모든 문제를 피해갈 수 있다.
당신은 엄청나게 어두워질 수 있고,
강력하게 조롱할 수 있으며,
보통은 매우 위협적으로 느낄 생각들을
사람들이 열렬히 소비하도록 속일 수도 있다.

린디 웨스트(1982-)

I HAVE NEVER FULLY
EXORCISED SHAMES
THAT STRUCK ME
TO THE HEART AS A
CHILD EXCEPT
THROUGH WRITTEN
VIOLENCE, SHADOWY
CARICATURE, AND
DARK JOKES.

Louise Erdrich (1954–)

나는 어린 시절 내 마음에 상처를 주었던
수치심들을 한 번도 완전히 몰아낸 적이 없다.
활자로 된 폭력, 그늘진 캐리커처, 그리고
어두운 농담들을 쓸 때를 제외한다면.

루이스 어드리크(1954-)

Perhaps writing in general is shame management. Certainly female writing has to radically address this problem.

Anne Enright (1962–)

아마도 글쓰기란 전반적으로
수치심을 관리하는 일일 것이다.
확실히 여성의 글쓰기는 이 문제를
근본적으로 다루어야 한다.

앤 엔라이트(1962-)

The thought of a married woman writing a story about a marriage gives me a kind of queasy, embarrassed feeling. What a clichéd waste of time! And therein lies the challenge: this shame.

Miranda July (1974–)

결혼한 여성이 결혼에 대한
글을 쓴다는 생각은 나를
메스껍고 당황스럽게 한다.
얼마나 진부한 시간 낭비인지!
그 안에 도전이 있다.
바로 이 수치심이라는 도전이.

미란다 줄라이(1974-)

ALL LITERATURE IS ABOUT LOVE. WHEN MEN DO IT, IT'S A POLITICAL COMMENT ON HUMAN RELATIONS. WHEN WOMEN DO IT, IT'S JUST A LOVE STORY.

Chimamanda Ngozi Adichie (1977–)

모든 문학은 사랑을 다룬다.
남자들이 하면,
그건 인간관계에 대한
정치적인 논평이 된다.
여자들이 하면, 그건 그냥
러브스토리일 뿐이다.

치마만다 응고지 아다치에(1977-)

I write about love because it's the most important thing in the world. I write about sex because often it feels like the most important thing in the world. But I set these personal private passions against an outside world—sometimes hostile, usually strange—so that we can see what happens when inner and outer realities collide.

Jeanette Winterson (1959–)

내가 사랑에 대해 쓰는 이유는
사랑이 세상에서 가장 중요한 일이기 때문이다.
내가 섹스에 대해 쓰는 이유는 종종 섹스가
세상에서 가장 중요한 일처럼 느껴지기 때문이다.
하지만 나는 이러한 개인적인 열정들을
대체로 낯설고 가끔은 적대적이기까지 한
바깥세상과 맞서도록 만든다.
내적 현실과 외적 현실이 충돌할 때
무슨 일이 생기는지 우리가 볼 수 있도록.

재닛 윈터슨(1959-)

My heroines are always virgins. They never go to bed without a ring on their fingers— not until page 118 at least.

Barbara Cartland (1901–2000)

내 여주인공들은 언제나 처녀다.
그들은 손가락에 반지를 끼지 않고서는
결코 침대에 가지 않는다.
최소한 118쪽이 되기 전까지는.

바버라 카틀랜드(1901-2000)

I try to keep deep love out
of my stories because, once
that particular subject comes
up, it is almost impossible
to talk about anything else.
Readers don't want to hear
about anything else. **They go
gaga about love.** If a lover
in a story wins his true love,
that's the end of the tale, even
if World War III is about to
begin, and the sky is black
with flying saucers.

Kurt Vonnegut (1922–2007)

나는 내 소설에 지독한 사랑을 넣지 않으려고 한다.
일단 그 주제가 나오면 다른 이야기를 하기가
거의 불가능하기 때문이다. 독자들은 다른 건
듣고 싶어하지도 않는다. 사람들은 사랑에 열광한다.
주인공이 진정한 사랑을 얻기만 하면 이야기는
거기서 끝이다. 설령 제3차 세계대전이 일어나거나
우주선이 하늘을 새까맣게 덮는다고 해도 말이다.

커트 보네거트(1922-2007)

Love, like death, is congenial to a novelist because it ends a book conveniently.

E. M. Forster (1879–1970)

사랑은 죽음이 그런 것처럼
소설가와 사이가 좋은데,
책을 끝내는 편리한
방법이기 때문이다.

E. M. 포스터(1879-1970)

I HAVE A COLD ATTITUDE TO MY CHARACTERS. AND I DON'T PREPARE READERS FOR SOMETHING TERRIBLE. I JUST BRING IT OUT. I PREFER SHOCK TREATMENT.

Muriel Spark (1918–2006)

나는 내 소설의 등장인물들에게
차가운 태도를 지니고 있다.
그리고 독자들이 끔찍한 사건에 앞서
마음의 준비를 하도록 만들지도 않는다.
나는 그냥 사건들이 벌어지게 한다.
나는 충격요법을 선호한다.

뮤리엘 스파크(1918-2006)

I have this tremendous urge to push the characters off a cliff, which I have to hold back from.

Alan Hollinghurst (1954–)

등장인물들을 절벽에서 밀어내고 싶은
엄청난 충동이 들지만 참아야 한다.

앨런 홀링허스트(1954-)

*I suppose you could say
there is an element of the
laboratory about all fiction
writing. To some extent
they're thought experiments....
There is that slightly chilly
aspect to writing fiction—
you do have to be slightly
detached to say: How would
human beings respond in
this situation?*

Ishiguro Kazuo (1954–)

모든 허구적 글쓰기에는
실험실 같은 요소가 있다고 말할 수 있다.
어떤 면에서는 일종의 사고 실험이다……
소설 쓰기에는 다소 쌀쌀맞은 측면이 있다.
이런 상황에서 인간은 어떻게 반응할 것인가
하는 질문을 던지기 위해서는
어느 정도 거리를 두어야만 한다.

가즈오 이시구로(1954-)

There is a splinter of ice in the heart of a writer.

Graham Greene (1904–1991)

작가의 심장에는 얼음 조각이 있다.

그레이엄 그린(1904-1991)

YOU MUST BE ABLE TO SUMMON EMPATHY FOR ALL YOUR CHARACTERS, EVEN AND ESPECIALLY THE DESPICABLE ONES.

Hanya Yanagihara (1974–)

모든 등장인물은,
심지어 가장 비열한 인물들까지도
공감을 불러일으킬 수 있어야 한다.

한야 야나기하라(1974-)

I have a fondness for all of my characters, even the bad guys who are bad because they are selfish or dumb or lazy. I only had one really evil guy, I thought, and I didn't care much for him…his mother was nice to him, you know, but he wasn't nice to his mother.

Elmore Leonard (1925–2013)

나는 내 모든 등장인물에게 애정을 가지고 있다.
이기적이거나 멍청하거나 게으른 악당들에게도 그렇다.
내 생각에 정말 사악한 인물은 딱 하난데,
그에게만큼은 별로 마음이 가질 않았다……
그의 엄마는 그를 아꼈지만,
그는 엄마를 아끼지 않았던 것이다.

엘모어 레너드(1925-2013)

*People act out of selfishness and a desire to avoid pain, but sometimes they act in ways that are mysterious to themselves....Terrible things happen and nobody learns anything. I wanted to move away from notions of what a character has to earn or realize, and **aim for some kind of truth** that has more to do with life as I know it.*

Emma Cline (1989–)

사람들은 이기심과 고통을
피하려는 욕망으로 행동하지만
때로는 스스로도 이해할 수 없는
방식으로 행동하기도 한다……
끔찍한 일들이 일어나지만
아무도 아무것도 배우지 않는다.
나는 등장인물이 무엇을 얻거나
깨달아야 한다는 관념에서
벗어나고 싶었고, 내가 아는
인생과 더 가까운 어떤 종류의
진실을 목표로 삼았다.

엠마 클라인(1989-)

THERE'S SOMETHING
DISHONEST ABOUT
BEING KIND TO MY
CHARACTERS, BECAUSE
THE WORLD, SO OFTEN,
ISN'T KIND TO THEM.
I THOUGHT ABOUT
THAT WITH ALL MY
CHARACTERS. IT WAS
CONSTANTLY ON MY
MIND. I HAD TO BE
HONEST. I HAD TO
BE RUTHLESS.

Jesmyn Ward (1977–)

등장인물들을 친절하게 대하는 건
뭔가 정직하지 못하다.
실제 세상은, 너무 자주,
그들에게 친절하지 않기 때문이다.
나는 내 모든 등장인물들과 함께
그런 사실에 대해 생각했다.
항상 그것을 염두에 두었다.
나는 정직해야 했다.
나는 무자비해야 했다.

제스민 워드(1977-)

The story doesn't want to be told what to do. You have to enter into this process with a high level of trust that the many hours of choosing that you're doing every day will gradually clarify the narrative for you.

George Saunders (1958–)

스토리는 이래라저래라 하는 말을 듣고 싶어하지 않는다.
당신이 매일 많은 시간을 들여 임하는 선택의 과정이
조금씩 조금씩 당신에게 내러티브를 분명하게
만들어줄 것이라는 굳건한 믿음을 가지고
작업 과정에 들어가야 한다.

조지 손더스(1958-)

MY CHAR- ACTERS ARE GALLEY SLAVES.

Vladimir Nabokov (1899–1977)

내 등장인물들은 갤리선의 노예다.

블라디미르 나보코프(1899-1977)

The legacy of the fairy story in my brain is that everything will work out. In fiction it would be very hard for me, as a writer, to give a bad ending to a good character, or give a good ending to a bad character.

Kate Atkinson (1951–)

내 머릿속에 남아 있는 동화의 결말은
모든 것이 결국 잘 풀리리라는 것이다.
작가로서, 소설을 쓰며
착한 인물에게 나쁜 결말을 주거나
나쁜 인물에게 좋은 결말을 주는 일은
내게 너무 힘들 것 같다.

케이트 앳킨슨(1951-)

THE STORY OR THE CHARACTERS HAVE A LIFE OF THEIR OWN. I CAN'T CONTROL THEM. I WANT THE CHARACTERS TO BE HAPPY, TO GET MARRIED, AND TO HAVE A LOT OF CHILDREN AND LIVE HAPPILY EVER AFTER, BUT IT NEVER HAPPENS THAT WAY.

Isabel Allende (1942–)

이야기나 등장인물들에게는
모두 각자의 삶이 있다.
나는 그것들을 통제할 수 없다.
나는 등장인물들이 행복하기를,
결혼해서 아이도 많이 낳고
오래오래 행복하게 살기를 바라지만
그런 일은 결코 일어나지 않는다.

이사벨 아옌데(1942-)

To write, I like a room
with a view, preferably
a long view. I dislike
looking out on gardens.
I prefer looking at the
sea, or ships, or anything
that has a vista to it.
Oddly enough, I've never
worked in the mountains.

Norman Mailer (1923–2007)

글을 쓸 때 나는 경관이 좋은 방을,
가급적이면 멀리까지 볼 수 있는 방을 선호한다.
나는 정원을 내다보는 것을 싫어한다.
나는 바다나 배, 그 밖의 경치를 보는 것을 선호한다.
특이하게도 나는 산에서는 일해본 적이 없다.

노먼 메일러(1923-2007)

Appealing workplaces are
to be avoided. One wants
a room with no view,
so imagination can meet
memory in the dark.

Annie Dillard (1945–)

매력적인 작업공간은 피하라.
대신 전망이 없는 방을 택하라.
어둠 속에서 상상이 기억과 만날 수 있도록.

애니 딜러드(1945-)

Don't write in public places.... It should be done only in private, like any other lavatorial activity.

Geoff Dyer (1958–)

공공장소에서 글을 쓰지 마라……
화장실과 관련된 활동들이 그렇듯,
글쓰기는 은밀하게 이루어져야만 한다.

제프 다이어(1958-)

In a newspaper office, you realize you don't need to be in a quiet room to write. You have to write in a park or a pub or in a telephone box to get out of the rain. You short-circuit those sensitivities that writers develop. Proust would have saved money on his cork-lined bedroom had he worked for a while at *Le Figaro*.

Michael Frayn (1933–)

신문사 사무실에 있다 보면
글을 쓰기 위해 조용한 방이 필요한 건
아니라는 사실을 깨닫게 된다.
공원이나 술집, 비를 피하기 위해 들어간
공중전화박스에서도 글을 써야 한다.
작가들이 키우곤 하는 예민한 감각들을 날려버려라.
프루스트가 《피가로》지에서 일했다면,
침실 문틈을 코르크로 틀어막느라
헛돈을 쓰지는 않았을 거다.

마이클 프레인(1933-)

*I STARTED DRINKING
SHORTLY AFTER
I STARTED WRITING.
AND THEN I KIND OF
GOT IT IN MY HEAD
THAT I NEEDED TO
BE DRINKING WHILE
I WROTE....I DON'T
KNOW WHY I WAS SO
CONVINCED OF IT—
IT'S LIKE SAYING
I CAN'T SING
UNLESS I HAVE
A BLUE SHIRT ON."*

David Sedaris (1956–)

글을 쓰기 시작한 지
얼마 되지 않아서
술을 마시기 시작했다.
그러자 어떤 생각이
머릿속에 자리 잡았다.
글을 쓰는 동안 술을
마실 필요가 있다는……
왜 그렇게 확신했는지
모르겠다. 그건 마치
"파란 셔츠를 입지 않으면
노래를 할 수 없어"
같은 말인데.

데이비드 세다리스(1956-)

I work from 10:30 am
to mid-afternoon,
not stopping for lunch.
I drink lots of coffee
and smoke cigarettes.
Smoking is so tied
to writing I could
not give it up.

Martin Amis (1949–)

나는 오전 열 시 삼십 분부터
서너 시까지 일하고 점심은 거른다.
담배를 피우고 커피를 엄청나게 마셔댄다.
담배는 글쓰기와 너무 밀접하게 연결되어
있어서 도저히 끊을 수가 없다.

마틴 에이미스(1949-)

I FOUND THAT THREE HOURS
A DAY IS ABOUT ALL I CAN DO OF
ACTUAL COMPOSING. I COULD
DO POLISHING PERHAPS LATER.
I SOMETIMES FOUND AT FIRST
THAT I WANTED TO GO ON LONGER,
BUT WHEN I LOOKED AT THE STUFF
THE NEXT DAY, WHAT I'D DONE
AFTER THE THREE HOURS WERE
UP WAS NEVER SATISFACTORY.
IT'S MUCH BETTER TO STOP AND
THINK ABOUT SOMETHING ELSE
QUITE DIFFERENT.

T. S. Eliot (1888–1965)

내가 실질적으로 시를 쓸 수 있는 시간은
하루 세 시간뿐이라는 사실을 깨달았다.
그 후에도 문장을 다듬을 순 있다.
처음에는 좀 더 가보고 싶다고
생각하기도 했지만, 다음날이 되어
쓴 것을 다시 봤을 때,
세 시간이 지난 뒤에 쓴 것들은
절대 만족스럽지 않았다.
거기서 멈추고 전혀 다른
생각을 하는 편이 훨씬 낫다.

T. S. 엘리엇(1888-1965)

Two thousand words is a good day's work.

Evelyn Waugh (1903–66)

이천 단어면 일이 잘 풀린 날이다.

이블린 워(1903-1966)

How to write: **butt in chair. Start each day anywhere. Let yourself do it badly. Just take one passage at a time. Get butt back in chair.**

Anne Lamott (1954–)

글을 쓰는 방법:
엉덩이로 써라.
매일 어디서든 시작하라.
멋대로 쓰도록 내버려둬라.
한 번에 한 구절씩 써라.
다시 의자에 엉덩이를 붙여라.

앤 라모트(1954-)

I... venture to advise young men who look forward to authorship as the business of their lives... to avoid enthusiastic rushes with their pens, and to seat themselves at their desks day by day as though they were lawyers' clerks—and so let them sit until the allotted task shall be accomplished.

Anthony Trollope (1815–82)

나는…… 책을 내기를 인생의
과업으로 생각하고 고대하는
젊은이들에게 조심스럽게 충고한다……
열정에 들떠 무작정 펜을 들고
달려들지 말고, 매일매일 자기 자리에
앉아 있는 변호사 사무실의 서기처럼,
할당된 분량을 모두 끝마칠 때까지
책상 앞에 앉아 있으라고.

앤서니 트롤럽(1815-1882)

BE A GOOD STEWARD OF YOUR GIFTS. PROTECT YOUR TIME. FEED YOUR INNER LIFE. AVOID TOO MUCH NOISE. READ GOOD BOOKS, HAVE GOOD SENTENCES IN YOUR EARS. BE BY YOURSELF AS OFTEN AS YOU CAN. WALK. TAKE THE PHONE OFF THE HOOK. WORK REGULAR HOURS.

Jane Kenyon (1947–95)

당신의 재능을 잘 관리하라.
시간을 지켜라. 내면의 삶을 살찌워라.
지나친 소음을 피하라.
좋은 책을 읽고, 좋은 문장을 귀에 담아라.
가능한 한 자주 혼자만의 시간을 가져라.
걸어라. 전화기는 꺼둬라.
규칙적으로 일하라.

제인 케넌(1947-1995)

Get a dog....
Being a dog owner
requires a similar
form of discipline
[to writing]. You wake
up every morning.
You walk the dog.
You do this whether
you're tired, depressed,
broke, hung over,
or have been recently
dumped. You do it.

Jennifer Weiner (1970–)

개를 키워라……
개를 기르는 일은 (글쓰기와)
비슷한 규율을 필요로 한다.
당신은 매일 아침 일어난다.
당신은 개를 산책시킨다.
당신은 지쳤거나, 우울하거나,
절망하거나, 숙취가 있거나,
최근에 차였거나 말거나
아무 상관 없이 그렇게 한다.
당신은 그것을 한다.

제니퍼 와이너(1970-)

Here's a short list of what not to do when you sit down to write. Don't answer the phone. Don't look at e-mail. Don't go on the Internet for any reason.

Dani Shapiro (1962–)

여기 당신이 글을 쓰기 위해
책상 앞에 앉았을 때
하지 말아야 할 일들의
짧은 목록이 있다.
전화를 받지 마라.
이메일을 확인하지 마라.
어떤 이유로든
인터넷을 하지 마라.

다니 샤피로(1962-)

DON'T HAVE CHILDREN.

Richard Ford (1944–)

아이를 갖지 마라.

리처드 포드(1944-)

It wasn't the housework or the children that dragged me down. I'd done housework all my life. It was the sort of open rule that women who tried to do anything so weird as writing were unseemly and possibly neglectful.

Alice Munro (1931–)

나를 맥빠지게 하는 건
집안일이나 아이들이 아니었다.
나는 평생 집안일을 했다.
나를 맥빠지게 하는 건
글쓰기처럼 이상한 일을 하는 여자들은
꼴사납고 아마도 태만할 거라고 여기는
일종의 공개적인 법칙이었다.

앨리스 먼로(1931-)

Composition
seems to
me Impossible,
with a head
full of Joints of
Mutton and
doses of rhubarb.

Jane Austen (1775–1817)

양고기와 루바브로 가득한 머리로
작품을 쓴다는 게 내게는
불가능한 일처럼 보였다.

제인 오스틴(1775-1817)

YOU CAN ONLY WRITE REGULARLY IF YOU'RE WILLING TO WRITE BADLY. YOU CAN'T WRITE REGULARLY AND WELL. ONE SHOULD ACCEPT BAD WRITING AS A WAY OF PRIMING THE PUMP, A WARM-UP EXERCISE THAT ALLOWS YOU TO WRITE WELL.

Jennifer Egan (1962–)

규칙적으로 쓰기 위해서는
형편없는 글을 기꺼이 쓸 수 있어야 한다.
규칙적으로 잘 쓸 수는 없다.
못 쓴 글을 펌프의 마중물로,
잘 쓸 수 있게 하는
몸풀기로 받아들여야 한다.

제니퍼 이건(1962-)

You can always fix bad pages. You can't fix no pages.

Harlan Coben (1962–)

못 쓴 페이지는 언제든지 고칠 수 있다.
아무것도 쓰지 않은 페이지를 고칠 수는 없다.

할란 코벤(1962-)

I do not rework poems, but let them go at first sitting, because if I have lied originally, there's no use driving the spikes home, and if I haven't lied, well hell, there's nothing to worry about.

Charles Bukowski (1920–94)

나는 시들을 퇴고하지 않고
처음 그대로 놔둔다.
만약 내가 처음부터 거짓말을 했다면
쇠못을 끝까지 박아봤자 아무 소용도 없고,
만약 내가 거짓말을 하지 않았다면,
젠장, 걱정할 것도 없으니.

찰스 부코스키(1920-1994)

I REALLY ENJOY REVISING MORE THAN WRITING. I LOVE TO CROSS THINGS OUT AND CUT A PAGE DOWN TO ONE PARAGRAPH.

Beverly Cleary (1916–)

나는 정말이지 퇴고를 즐긴다.
글을 쓰는 것보다 더.
나는 빨간펜을 그으며 한 페이지를
한 문단으로 줄이는 일을 사랑한다.

비벌리 클리어리(1916-)

For me [writing is] mostly a question of rewriting.

James Thurber (1894–1961)

내게 (글쓰기는) 대개
다시 쓰기의 문제다.

제임스 서버(1894-1961)

THERE'S A POINT AT WHICH YOU'RE NOT MAKING IT BETTER; YOU'RE JUST MAKING IT DIFFERENT. YOU HAVE TO BE GOOD AT RECOGNIZING THAT POINT.

Salman Rushdie (1947–)

더 나아지지 않는 시점이 있다.
그때 당신은 단지 다르게 만들고 있을 뿐이다.
그 시점을 잘 파악해야 한다.

살만 루시디(1947-)

You know when a piece is finished, because you can't pull out a single sentence or change a word or syllable.

Charles Johnson (1948–)

한 문장도 뺄 수 없고 한 단어나
음절조차 바꿀 수 없을 때,
당신은 한 편의 글이
완성되었다는 사실을 알게 된다.

찰스 존슨(1948-)

Any piece of writing is just the last proof; it's the one we had to let go of because the deadline is here.

Roger Angell (1920–)

모든 글은 마지막 교정쇄일 뿐이다.
마감일이 닥쳐 어쩔 수 없이
넘겨야만 했던 것이다.

로저 앤젤(1920-)

It's never a day job;
it's always a tremendous
challenge. People always
ask me, "Do you ever
start a book and then
put it aside and do
something different?"
And, unfortunately, no,
I always write everything
right to the bitter end.

Edmund White (1940–)

절대 본업은 아니다.
언제나 엄청난 도전이다.
사람들은 매번 내게 묻는다.
"책을 쓰기 시작한 다음 제쳐두고
다른 일을 해본 적이 있나요?"
내 대답은 불행하게도 "아니요"다.
나는 항상 모든 글을 줄곧 써내려간다.
쓰디쓴 결말에 이르기까지.

에드먼트 화이트(1940-)

THEY CAN'T YANK [A] NOVELIST LIKE THEY CAN [A] PITCHER. [A] NOVELIST HAS TO GO THE FULL NINE, EVEN IF IT KILLS HIM.

Ernest Hemingway (1899–1961)

투수를 내리듯 소설가를 내릴 순 없다.
소설가는 9이닝을 혼자 책임져야 한다.
그것이 그를 죽일지라도.

어니스트 헤밍웨이(1899-1961)

YOU ARE ABSOLUTELY A BEGINNER— EVERY DAY. YOU HAVE NO RIGHT TO ASSUME THAT YOU'LL BE ABLE TO WRITE BECAUSE YOU COULD WRITE YESTERDAY.

Hilary Mantel (1952–)

매일매일 당신은 완전한 초심자가 된다.
어제도 썼으니 오늘도 쓸 수 있을 거라고
추정할 권리가 당신에게는 없다.

힐러리 맨틀(1952-)

The scary thing about writing novels is that they're all different. What worked last time, won't this time, and there's always that little voice that whispers to you that this time you've bitten off more than you can chew, located the very story that will show you who's boss (not you).

Richard Russo (1949–)

소설 쓰기의 무서운 점은 매번 다르다는 거다.
지난번에 했던 작업이 이번에는 통하지 않는다.
언제나 당신에게 속삭이는 작은 목소리가
이번에는 당신이 씹을 수 있는 것보다
더 많이 물어뜯었다고, 누가 보스인지(당신 말고)
보여줄 소재를 발견했다고 속삭인다.

리처드 루소(1949-)

I DON'T HAVE ANY ANXIETY ABOUT WRITING. NOT REALLY. IT'S SUCH A PLEASURE, AND OUR LIVES ARE SO RELATIVELY EASY COMPARED TO PEOPLE WHO ARE REALLY OUT THERE IN THE WORLD WORKING HARD AND SUFFERING.

Joyce Carol Oates (1938–)

글쓰기에 대해 불안을 느끼지는 않는다.
사실이 아니다. 즐거운 일이고, 열심히 일하며
고통 받는 다른 사람들에 비하면
우리의 삶은 비교적 편안하다.

조이스 캐롤 오츠(1938-)

Anyone who
writes or chooses
a writing life
is walking off
the edge of the
universe into
the big dark
naked and crying.

Lidia Yuknavitch (1963–)

글을 쓰거나 글을 쓰는 삶을 선택한 사람은
우주의 절벽 위에서 거대한 어둠 속으로
걸어들어가는 것이나 마찬가지다.
벌거벗은 채로 질질 짜면서.

리디아 유크나비치(1963-)

Every time I read that someone has spoken badly of me I begin to cry, I drag myself across the floor, I scratch myself, I stop writing indefinitely, I lose my appetite, I smoke less, I engage in sport, I go for walks on the edge of the sea, which by the way is less than thirty meters from my house, and I ask the seagulls, whose ancestors ate the fish who ate Ulysses: Why me? Why? I've done you no harm.

Roberto Bolaño (1953–2003)

누군가 나를 나쁘게 말한 것을 읽을 때마다
나는 울음을 터뜨린다. 바닥을 질질 기어다니고
온몸을 긁어대며 글쓰기를 영원히 그만둔다.
입맛을 잃고 담배도 덜 피우고 스포츠에 사로잡힌다.
나는 우리집에서 30미터도 떨어져 있지 않은
바닷가 절벽으로 산책을 나가, 율리시스를 삼킨 물고기를
잡아먹은 조상을 둔 갈매기들을 향해 이렇게 묻는다.
왜 나야? 왜? 나는 당신들에게 아무런 해도
끼치지 않았는데.

로베르토 볼라뇨(1953-2003)

WHEN GOD HANDS YOU A GIFT, HE ALSO HANDS YOU A WHIP; AND THE WHIP IS INTENDED SOLELY FOR SELF-FLAGELLATION.

Truman Capote (1924–84)

신이 당신에게 재능을 주셨을 때,
신은 당신에게 채찍도 함께 주셨다.
그 채찍은 오직 자학을 위한 것이다.

트루먼 카포티(1924-1984)

The effort of writing seems more arduous all the time. Unlike technicians who are supposed to become more proficient with practice, I find I've grown considerably less articulate.

S. J. Perelman (1904–79)

글을 쓰는 데 들어가는 노력은
매번 더 고된 것 같다.
일을 할수록 점점 더 능숙해지는
기술자들과 달리, 나는 점점 더
조리 없어지는 자신을 발견한다.

S. J. 피렐먼(1904-1979)

ALL WRITERS FEEL STRUCK BY THE LIMITATIONS OF LANGUAGE.

Margaret Atwood (1939–)

모든 작가는
언어의 한계에 부딪히는
느낌을 받는다.

마거릿 애트우드(1939-)

In the end a man must sit down and get the words on paper, and against great odds. This takes stamina and resolution.

E. B. White *(1899–1985)*

결국 남자는 자리에 앉아
자신의 말을 종이에 적어야 하고,
커다란 역경에 맞서야 한다.
여기에는 체력과 결심이 필요하다.

E. B. 화이트(1899-1985)

No writer who achieves spectacular success does so without a modicum of good luck.

P. D. James (1920–2014)

약간의 행운 없이
눈부신 성공을 이룬
작가는 없다.

P. D. 제임스(1920-2014)

[The] impulse—to tell a tale rich in context, alive to situation, shot through with event and perspective—is as strong in human beings as the need to eat food and breathe air: it may be suppressed but it can never be destroyed.

Vivian Gornick (1935–)

풍부한 맥락과 생생한 상황, 사건과 관점으로
충만한 이야기를 하고자 하는 충동은
인간에게 음식을 먹고 숨을 쉬는
욕구만큼이나 강하다.
그것은 억압될 순 있지만
결코 파괴될 수는 없다.

비비안 고닉(1935-)

A WRITER IS A WRITER BECAUSE EVEN WHEN THERE IS NO HOPE, EVEN WHEN NOTHING YOU DO SHOWS ANY SIGN OF PROMISE, YOU KEEP WRITING ANYWAY.

Junot Díaz (1968–)

작가는 아무 희망도 없고,
약속의 흔적조차 보이지 않을 때도,
계속해서 글을 쓰기 때문에 작가다.

주노 디아즈(1968-)

I'm always thinking about
duties, rights, and gifts....
That's how social worlds
and our intimate lives are
structured, right? What is
your duty? What accrues
to you? What is your right?
And what are your gifts?
The wildcard is gifts because
what rights accrue to you
because of certain gifts?

Zadie Smith (1975–)

나는 언제나 의무, 권리, 재능에 대해
생각한다…… 그것이 사회와 우리의 내적 삶이
구조화된 방식이다. 그렇지 않은가?
당신의 의무는 무엇인가? 당신에게 축적된 것은?
당신의 권리는 무엇이고 또 재능은 무엇인가?
와일드카드는 어떤 주어진 재능으로
생긴 권리라고 말할 수 있을까?

제이디 스미스(1975-)

There's no moral obligation to write in any particular way. But there is a moral obligation, I think, not to ally yourself with power against the powerless.

Chinua Achebe (1930–2013)

어떤 특정한 방식으로 써야 하는
도덕적인 의무는 없다. 하지만 내 생각에,
힘없는 이들을 억압하는 권력과 영합하지
않아야 한다는 도덕적인 의무는 있다.

치누아 아체베(1930-2013)

I'm not a big believer in the novelist's obligation to reflect or catalyze society in some ways.... I don't write books that have messages. None of them have a moral to them. I'm more interested in exploring things that are hard to understand and maybe bringing the readers with me.

Tana French (1973–)

나는 소설가가 어떤 방식으로든 사회를
반영한다거나 변화시켜야 하는 의무가 있다는
주장을 신봉하지 않는다……
내가 쓴 책들에는 교훈이 없다. 도덕도 없다.
나는 이해하기 힘든 것들을 탐구하고
독자들을 나와 함께하도록 하는 데
더 관심이 있다.

타나 프렌치(1973-)

What a novel can do is show the distance between what's being said and what's being felt….The drama is the distance between what's to be spoken of and what's not to be mentioned again.

Colm Tóibín (1955–)

소설이 할 수 있는 일은
말해지는 것과 느껴지는 것
사이의 거리를 보여주는 것이다……
말해질 것과 다시 언급되지 않을 것
사이의 거리가 바로 드라마다.

콜럼 토빈(1955-)

If being a novelist has any moral, political side, it is identifying with people who are not like you. It's not that we make political statements or show our party cards; it's seeing the world through the eyes of someone who is different.

Orhan Pamuk (1952–)

만약 소설가에게 도덕이랄 게 있다면,
정치적인 측면에서 그것은
당신과 같지 않은 사람들의 존재를
세상이 볼 수 있도록 드러내는 것이다.
정치적 성명을 발표하거나
당원증을 보여주는 문제가 아니다.
그것은 다른 누군가의 눈으로
세상을 바라보는 일이다.

오르한 파묵(1952-)

LITERATURE
IS POWERLESS IN
DIRECTLY CONFRONTING
THE EVIL, BUT IT
CAN BE SUBVERSIVE
AND EFFECTIVE IN
SHAPING READERS'
SENSIBILITIES
AND CHANGING
THEIR WAY OF SEEING
THINGS. IT IS
A SLOW PROCESS.

Ha Jin (1956–)

문학은 악과 직접적으로 맞서는 일에는 무력하지만,
독자들의 감성을 형성하고 사물을 바라보는 방식을
바꾸는 데는 효과적이며 전복적일 수 있다.
그것은 느린 과정이다.

하 진(1956-)

*CREATE DANGEROUSLY,
FOR PEOPLE WHO
READ DANGEROUSLY.
THIS IS WHAT I'VE ALWAYS
THOUGHT IT MEANT
TO BE A WRITER. WRITING,
KNOWING IN PART
THAT NO MATTER HOW
TRIVIAL YOUR WORDS
MAY SEEM, SOMEDAY,
SOMEWHERE, SOMEONE
MAY RISK HIS OR
HER LIFE TO READ THEM.*

Edwidge Danticat (1969–)

위험하게 읽는 사람을 위해 위험하게 창조하라.
나는 언제나 이것이 작가가 된다는 것의
의미라고 생각해왔다.
글쓰기는, 당신의 말이 아무리
사소한 것처럼 보일지라도,
언젠가 어디선가 누군가는
당신의 말을 읽기 위해 목숨을 걸 수도 있음을
어느 정도는 인식하고 있어야 한다.

에드위지 당티카(1969-)

Writers throughout the ages
have one weapon, which is
literature, but they also have
their responsibilities as
a citizen when literature does
not seem to suffice....They
are not mutually exclusive.
One continues to write
anyway, but if you are called
out to demonstrate, if people
are being killed in the streets,
it's hardly the moment to
go for your pen and paper.

Wole Soyinka (1934–)

여러 시대를 통틀어 작가들에게 무기는 하나였다.
그것은 문학이다. 하지만 문학만으로 충분하지 않을 때
작가들은 또한 시민으로서의 책임도 가지고 있다……
그 둘은 상호배타적이지 않다. 어쨌든 작가들은 계속 쓴다.
하지만 만약 당신이 시위에 나서기를 요청받는다면,
거리에서 사람들이 살해당하고 있다면,
펜과 종이를 찾으러 갈 시간은 별로 없을 것이다.

월레 소잉카(1934-)

READING IS AN ACTIVE, IMAGINATIVE ACT; IT TAKES WORK.

Khaled Hosseini (1965–)

독서는 활동적이고,
상상력이 풍부한 행위다.
독서에는 품이 든다.

할레드 호세이니(1965-)

The demand that I make of my reader is that he should devote his whole life to reading my works.

James Joyce (1882–1941)

내가 독자에게 요구하는 건
남은 평생 동안 내 작품을
읽어야 한다는 것이다.

제임스 조이스(1882-1941)

Whether I'm writing scripts or prose, the goal is identical. To give pleasure. Now whether I succeed or not is up for debate, and, mostly, I fail. But I try. I like to make things. It's a way to stay busy during one's ephemeral and confusing life.

Jonathan Ames (1964–)

시나리오를 쓰건 산문을 쓰건 목표는 똑같다.
기쁨을 주는 것. 이제 내가 성공했느냐 아니냐는
논쟁의 여지가 있고, 사실 대부분의 경우 나는 실패한다.
하지만 나는 노력한다. 나는 만드는 것을 좋아한다.
그것은 덧없고 혼란스러운 삶을
바쁘게 보내는 방식이다.

조나단 에임스(1964-)

작가의 말

On my tombstone, I want to have the words "She gave a lot of people a lot of pleasure."

Jackie Collins (1937–2015)

내 묘비에 나는 이렇게 써줬으면 좋겠다.
"그녀는 아주 많은 사람들에게
아주 많은 기쁨을 주었다."

재키 콜린스(1937-2015)

THE REAL TROUBLE WITH THE WRITING GAME IS THAT NO GENERAL RULE CAN BE WORKED OUT FOR UNIFORM GUIDANCE.

Erle Stanley Gardner (1889–1970)

글쓰기라는 게임의 진정한 문제는
통일된 지침을 위한 어떤 공통적인 규칙도
적용할 수 없다는 것이다.

얼 스탠리 가드너(1899-1970)

You write what you write, and then either it holds up or it doesn't hold up. There are no rules.

Jamaica Kincaid (1949–)

당신은 당신이 쓰는
(쓰고 싶은) 것을 쓰고,
그것을 유지하거나
유지하지 않는다.
규칙은 없다.

자메이카 킨케이드(1949-)

1855년 봄, 찰스 디킨스는 친애하는 동료 작가 윌키 콜린스에게 편지를 쓴다. "새로 시작한 책의 첫 페이지를 앞에 두고 방 안을 서성이며 안절부절못하는 상황을 묘사하기란 불가능하다네……" 물론 디킨스는 아무것도 묘사할 필요가 없다. 콜린스도 알고 있었으니까. 이 글을 쓰는 내가 알고, "글을 쓴다는 것"이라는 제목을 가진 책을 구태여 들춰보는 당신이 알고 있는 것처럼. 그때 디킨스는 이미 『올리버 트위스트』 『크리스마스 캐럴』 『데이비드 코퍼필드』 같은 대표작을 쓴 영국 최고의 소설가였다. 그런 그도 아무것도 쓰여 있지 않은 하얀 종이의 공포에서 자유롭지 못했다.

잠깐, 내가 지금 '하얀 종이의 공포'라고 했나? 인정한다. 글쓰기의 어려움을 과장하는 건 작가들의 오랜 직업병이다. "글을 쓰는 데 들어가는 노력은 매번 더 고된 것 같다. 일을 할수록 점점 더 능숙해지는 기술자들과 달리, 나는 점점 더 조리 없어지는 자신을 발견한다." S. J. 피렐먼은 말한다. "매일매일 당신은 완전한 초심자가 된다. 어제도 썼으니 오늘도 쓸 수 있을 거라고 추정할 권리가 당신에게는 없다." 이건 힐러리 맨틀의 말이다. 리디아 유크나비치는 한술 더 뜬다. "글을 쓰거나 글을 쓰는 삶을 선택한 사람은 우주의 절벽 위에서 거대한 어둠 속으로 걸어들어가는 것이나 마찬가지다. 벌거벗은 채로 질질 짜면서……" 이 책이 "글쓰기는 용기 있는 행동이다"라는 다네하시 코츠의 말로 시작하는 건 그래서 자연스럽다.

왜 글쓰기가 이토록 어렵게 느껴지는 걸까? 왜 글쓰기는 우리를 짓누르고 숨을 막히게 하며 차라리 세상이 이대로 멸망하기를, 그래서 우리 앞에 놓인 백지에서(혹은 초고라는 이름의 똥덩어리에서) 도망칠 수 있기를 바라도록 만드는 걸까? 솔직히 말하면 나는 '옮긴이의 글'을 쓰느라 끙끙거리며 이 책을 번역하겠다고 말한 과거의 나를 원망하는 중이다⋯⋯ 하지만 글쓰기가 세상에서 가장 어려운 일은 아니고, 당연히, 조이스 캐롤 오츠의 말처럼 "열심히 일하며 고통 받는 다른 사람들에 비하면 작가들의 삶은 비교적 편안"한 편인지도 모른다. 따라서 더 나은 질문은 이거다. 패티 스미스의 말마따나, "왜 글을 쓰지 않을 수 없을까?" 글쓰기의 고통을 토로하며 끊임없이 징징거리면서도 "스스로를 고립시키고, 고치 속에 틀어박혀, 타인들의 요구에도 불구하고 고독에 완전히 몰입한 채" 글을 쓰려고 드는 이유가 대체 뭘까?

작가들의 수만큼이나 다양한 이유가 있다. 조앤 디디온은 "내가 무슨 생각을 하고 있는지, 무엇을 보고 있는지, 눈앞에 보이는 것들의 의미는 무엇인지, 내가 원하는 것과 두려워하는 것은 무엇인지" 알고 싶어서 쓴다. 피터 스트라웁은 "삶에서 마주하는 문제들을 해결하는 가장 좋은 방법은 그것에 대해 쓰는 것"이라서 쓴다. 루이스 어드리크는 "어린 시절 내 마음에 상처를 주었던 수치심들을 몰아"내기 위해 쓰고, 이창래는 "자신에게서 도망치고 싶"어서 쓴다. 나로 말할 것 같으면, 모르겠다. 그러니 그냥 돈을 위해 쓴다고 해두자. 비록 앨런 길크리스트는 "작가가 첫 번째로 해야 할 일은 다른 수입원을 찾는 것이다"라고 말했고, 나 역시 그 말에 전적으로 동의하긴 하지만⋯⋯ 어쩌면 조라 닐 허스턴의 말처럼 "돈이나 사업 같은 방면에는 젬병"인 사람들이 글을 쓰고 마는지도 모른다. 글로 돈을 벌 수 있으리라는 허무맹랑한 생각을 가지고! (어쩌면 그것이야말로 작가적 상상력인지도 모른다⋯⋯)

　때때로 글을 쓰며 우리는 벨 훅스가 말한 "대부분의 사람들이 지키고 싶어하는 사적인 것에 대한 그 어떤 개념도 희생"해야 하는 순간에 직면하기도 한다. "사람은 오직 한 가지, 바로 자신의 경험으로 글을 쓴다. 모든 것은 경험의 마지막 한 방울을, 달건 쓰건, 얼마나 가차 없이 짜낼 수 있느냐에 달려 있다"는 제임스 볼드윈의 주장대로, 우리는 결국 우리가 쓰는 것밖에 쓸 수 없기 때문이다. 그건 바로 우리 자신이다.

사회적으로 잘 포장된 모습뿐 아니라 절대로 들키고 싶지 않은 어둡고 퀴퀴한 마음의 구석을 드러내야 하는 순간이 오는 것이다. 테리 프라쳇이 글쓰기를 "안개가 자욱하고, 보이는 건 여기저기 불쑥 솟은 나무들의 우듬지뿐"인 계곡을 가로지르는 여행에 비유할 때, 그가 의미하는 건 우리의 마음이 안개가 자욱한 계곡과 같아서 우리도 제대로 알 수 없다는 것이다. 더듬더듬 안개를 헤쳐나가며 발자국을 남기듯 하얀 종이에 께적께적 글자들을 남기기 전까지는. 안개 속에서 우리는 우리가 발견할 것을 알지 못한다. 그것은 종종 우리를 놀래키고, 두려움에 벌벌 떨게 하며, 가끔은 죽고 싶게 만들기도 한다. 앤 엔라이트가 "아마도 글쓰기란 전반적으로 수치심을 관리하는 일"이라고 말하는 것도 그래서일 것이다.

여행의 끝에서 우리는 한 뭉치의 원고를 들고 일상으로 돌아온다. 하지만 아직 여행은 끝나지 않았다. 이제 글은 우리의 손을 떠나 사람들 사이에서 자신의 길을 가게 된다. 그리고 우리는 잎새에 이는 바람에도 괴로워하는 시인의 마음이 되어, 악플 한 줄에도 괴로워하게 된다…… 가끔은 터무니없는 비난을 마주해야 할 때도 있다. 그럴 땐 다른 수가 없다. 21세기 최고의 소설가 로베르토 볼라뇨를 따라하는 수밖에. "누군가 나를 나쁘게 말한 것을 읽을 때마다 나는 울음을 터뜨린다.

바닥을 질질 기어다니고 온몸을 긁어대며 글쓰기를 영원히 그만둔다. 입맛을 잃고 담배도 덜 피우고 스포츠에 사로잡힌다. 나는 우리집에서 30미터도 떨어져 있지 않은 바닷가 절벽으로 산책을 나가, 율리시스를 삼킨 물고기를 잡아먹은 조상을 둔 갈매기들을 향해 이렇게 묻는다. 왜 나야? 왜? 나는 당신들에게 아무런 해도 끼치지 않았는데."

과장은 하지 말자. 트루먼 카포티가 "신이 당신에게 재능을 주셨을 때, 신은 당신에게 채찍도 함께 주셨다. 그 채찍은 오직 자학을 위한 것이다"라고 말하긴 했지만, 모든 작가가 고통에서 쾌감을 느끼는 마조히스트는 아니다. 내 말은 글쓰기에도, 다른 모든 일과 마찬가지로, 기쁨과 슬픔이 공존한다는 것이다. 로리 무어의 말처럼 "몰입과 글쓰기를 통해 들어가는 또 다른 우주"를 창조하는 것은 환상적인 일이다. 줌파 라히리의 말처럼 "예술적으로 배열된 한 줌의 단어들"을 가지고 "시간을 멈추는 일은 분명 마법과도 같다. 그것은 장소, 사람, 상황, 그 모든 특수성과 차원을 떠올리게 하고, 우리에게 영향을 미치고 우리를 변화시"키는 일은 마치 마법과도 같다. 테주 콜의 말처럼 "잘 다듬어진 문장은 많은 것을 성취할 수 있"고, 닉 혼비의 말처럼 언어는 우리에게 "무엇을 해줄 수 있"다. 그때 문장을 통해 무엇을 성취할 것인지, 언어가 우리를 위해 무엇을 하도록 할 것인지는 전적으로 우리에게 달려 있다. 나는 그게 글쓰기의 가장 큰 매력 중 하나라고 생각한다. 글쓰기를 통해 우리는 생각보다 많은 일을 할 수 있다. 돈을 버는 것만 빼면 말이다!

그러니 우리에게 필요한 것은 가장 어두운 순간에도 포기하지 않도록 어깨를 두드려주는 작은 손길인지도 모른다. 그럴 때 "당신의 인생 경험을 믿으세요."라는 윌리엄 진서의 말이나, "약간의 행운 없이 눈부신 성공을 이룬 작가는 없다"라는 P. D. 제임스의 말은 도움이 된다. 그중에서 내가 제일 좋아하는 건 제니퍼 와이너의 조언이다. "개를 키워라……" 와이너는 말한다. "개를 기르는 일은 글쓰기와 비슷한 규율을 필요로 한다. 당신은 매일 아침 일어난다. 당신은 개를 산책시킨다. 당신은 지쳤거나, 우울하거나, 절망하거나, 숙취가 있거나, 최근에 차였거나 말거나 아무 상관없이 그렇게 한다. 당신은 그것을 한다." 결국 중요한 것은 계속해서 쓰는 것이다. 그 유명한 앤 라이트의 말처럼 "엉덩이로 쓰는 수밖에 없다." 매일 어디서든 자리를 지키고 앉아서, 한 번에 한 구절씩, 멋대로. 할란 코벤의 말마따나 "못 쓴 페이지는 언제든지 고칠 수 있다." 하지만 "아무것도 쓰지 않은 페이지를 고칠 수는 없다." 따라서 우리는 무엇이든 써야 한다. 제니퍼 이건의 충고처럼 "형편없는 글을 기꺼이 쓸 수 있어야 한다." 물론 그게 쉽지 않으니 이 모든 사달이 일어나는 것이겠지만……

    똑같은 사람은 없고 똑같은 글도 없다. 혹은, 똑같은 글은 없고
똑같은 사람도 없다. 이 책에는 두 가지 장점이 있는데, 하나는 150명이나
되는 작가들의 말이 있다는 것이고, 다른 하나는 그 말들이 대부분
짧다는 것이다. 따라서 당신은 이 책에서 당신과 기질적으로 가장 가까운
작가의 말을 찾을 수 있고, 작가가 미처 말하지 않은 나머지 부분을
당신 마음대로 채울 수 있다. 때때로 서로 다른 작가들의 말이 당신을
혼란스럽게 만들지도 모른다. "부사를 사랑"한다고 고백하는 헨리
제임스와 "형용사를 만나면, 형용사를 죽여라"라는 마크 트웨인의 말
사이에서 누구의 편을 들어야 한단 말인가? 하지만 나는 그것이야말로
이 책의 장점이라고 말하고 싶은데, 결국 이 책을 통해 당신이 해야
할 일은 당신의 글을 쓰는 것이기 때문이다. 에이미 탄이 말한 것처럼
"혼란은 이야기를 시작하기에 최적의 지점이다."

    작가들은 모두 언어를 사용하는 나름의 개성과 습관을 가지고
있다. 그것들을 파악하는 일은 쉽지 않았다. 맥락에서 분리된 말을 맥락
없이 이해할 수 있도록 옮기는 일도 마찬가지였다. 어떤 부분은 다소
어색하더라도 직역했고 어떤 부분은 과감하게 의역했다. 편집부의

도움도 컸다. 오역을 포함해 부족한 부분은 모두 나의 책임이다. 다른 맥락이지만, 글쓰기는 결국 본인의 부족함을 조금씩 받아들여가는 과정이 아닌가 싶다. 내 생각에, 번역도 마찬가지다.

2020년 8월

금정연

Write every day. Don't ever stop.

Rick Bass (1958–)

매일 써라. 절대 멈추지 마라.

릭 바스(1958-)

글을 쓴다는 것

초판 1쇄 2020년 8월 31일
엮음 케빈 리퍼트 | **옮김** 금정연 | **편집** 북지육림 | **본문디자인** 운용 | **제작** 제이오
펴낸곳 지노 | **펴낸이** 도진호, 조소진 | **출판신고** 제2019-000277호
주소 서울특별시 마포구 월드컵북로 400, 5층 19호
전화 070-4156-7770 | **팩스** 031-629-6577 | **이메일** jinopress@gmail.com

ⓒ 지노, 2020
ISBN 979-11-90282-12-3 (03800)

이 도서의 국립중앙도서관 출판예정도서목록(CIP)은 서지정보유통지원시스템 홈페이지
(http://seoji.nl.go.kr)와 국가자료종합목록 구축시스템(http://kolis-net.nl.go.kr)에서
이용하실 수 있습니다. (CIP제어번호: CIP2020034247)